Le petit ogre veut voir le monde

Marie-Agnès Gaudrat est née en 1954 à Paris. Après des études de lettres et de sciences, elle débute chez Bayard Presse, à qui elle est restée fidèle : elle est aujourd'hui directrice des rédactions Petite Enfance de Bayard Jeunesse. Elle écrit pour ses enfants... et pour tous les autres ; ses albums sont publiés par Bayard Éditions.

Du même auteur dans Bayard Poche :
Timothée, fils de sorcière - La série *famille Cochon* - *Le petit ogre veut aller à l'école* (Les belles histoires)

David Parkins est né à Brighton, en Angleterre, en 1955. Il vit aujourd'hui avec sa famille et ses quatre chats dans le Lincolnshire. Il publie de nombreux livres pour enfants, dont beaucoup ont été primés, et travaille régulièrement pour le supplément « Éducation » du *Times*.

Du même illustrateur dans Bayard Poche :
Le placard aux sorcières - *Le petit ogre veut aller à l'école* (Les belles histoires)

Le petit ogre veut voir le monde

Une histoire écrite par Marie-Agnès Gaudrat
illustrée par David Parkins

LES BELLES HISTOIRES

BAYARD POCHE

Il était une fois un petit ogre
qui rêvait de voir le monde.

Mais le petit ogre n'avait jamais quitté sa maison,
car ses parents ne pensaient qu'à manger,
digérer, et remanger en regardant la télévision.
Ah, la vie n'était pas gaie pour le petit ogre !
Chez lui, il n'y avait jamais de visites,
jamais de nouvelles qui viennent d'ailleurs,
apportant de nouvelles odeurs.
Chez lui, ça sentait le renfermé
et les vieilles vieilles idées
pas souvent aérées.

Un soir, le petit ogre en eut assez
de regarder la télévision. Il descendit à la cave.
Il ne savait pas trop ce qu'il cherchait
quand il découvrit une mappemonde.
Ça alors, un petit monde en miniature !
Avec, écrits partout, partout, en tout petit,
des noms de villes qui faisaient rêver.
Il fit tourner la mappemonde, ferma les yeux
et pointa son doigt au hasard.
Quand il les rouvrit, il lut juste sous son doigt
« Istanbul ». Il recommença, et là,
juste sous son doigt, il lut « Rio de Janeiro ».
Il le refit une troisième fois,
et sous son doigt il lut « Venise ».
Tout content, le petit ogre se mit à chantonner :
– Istanbul... Rio de Janeiro... Venise.
Et plus il chantonnait, plus
il était sûr qu'un jour il irait !

Le petit ogre chantonna tant et si bien
que le lendemain matin, au réveil, il annonça :
– Je veux aller à Istanbul, à Rio de Janeiro et à Venise !
Aussitôt, sa maman cria :
– Tu es fou ! Tu es complètement fou !
Là-bas, on ne mange pas comme nous,
là-bas, on ne parle pas comme nous,
là-bas, ce n'est pas chez nous !
Et son papa ajouta :
– Là-bas, tu serais malheureux, car les gens
sont méchants, et le monde est dangereux !

Le soir même, pendant que ses parents
ronflaient devant la télévision,
le petit ogre redescendit à la cave.
Cette fois, il savait très bien ce qu'il cherchait :
les bottes de sept lieues de son père.
Il attendit minuit, et il les enfila.
Alors, les bottes aux pieds,
il chantonna dans sa tête :
« Istanbul... Istanbul... Istanbul... »

Un, deux, trois...
en trois pas, il arriva à Istanbul.
Le soleil se levait à peine.
Il y avait des maisons avec des toits tout ronds,
et des tours fines comme de la dentelle
qui chantaient des prières vers le ciel.
Le petit ogre n'en croyait pas ses yeux.
C'était plus beau que dans ses rêves !

Il se promena longtemps dans un grand marché.
Il y avait plein d'odeurs qu'il ne connaissait pas.
Il s'arrêta devant un étalage de bonbons tout mous.
Il en tâta un et il pensa : « Maman avait raison,
ils ne mangent pas comme nous, pas du tout. »
Le marchand disait : – Loukoums... Rahat loukoums.
Le petit ogre répétait : – Loukoums... Rahat loukoums.
Et il riait avec le marchand, tout en pensant :
« Il faut que je le dise à papa en rentrant : ici,
les gens ne sont pas méchants, pas du tout ! »

Le petit ogre resta plusieurs jours en Turquie.
Mais un autre nom lui trottait dans la tête.
Alors un soir, à minuit, il dit au revoir à ses amis.
Il remit ses bottes de sept lieues
et il chantonna dans sa tête :
« Rio... Rio de Janeiro... »

Un, deux, trois... en trois pas, il arriva à Rio.
Il faisait nuit, mais les rues étaient pleines de gens
déguisés, et pleines de musique qui les faisait danser.
Le petit ogre ne comprenait pas les mots
qu'on lui disait : – Bom-dia ! Amigos !
Il pensa : « Maman avait raison,
ils ne parlent pas comme nous, pas du tout. »
Mais la musique, il la comprenait.
Quelqu'un lui prit la main et l'entraîna.
Et bientôt, en regardant les autres,
le petit ogre apprit à danser la samba.
Le petit ogre riait en pensant :

« Il faudra que je le dise à papa en rentrant :
je ne suis pas malheureux ici, pas du tout ! »

Le petit ogre resta plusieurs jours au Brésil.
Mais un autre nom se mit à lui trotter dans la tête.
Alors un soir, à minuit, il dit au revoir à ses amis,
il remit ses bottes de sept lieues et il chantonna
dans sa tête : « Venise... Venise...
Venise... »

Un, deux, trois... en trois pas, il arriva à Venise.
C'était étrange, c'était très beau,
c'était comme si la ville avait poussé dans l'eau.
Les rues étaient des rivières,
et les voitures, des bateaux.
Le petit ogre monta dans une gondole,
et il regarda le gondolier
lui raconter l'histoire de Venise.
Pas besoin de parler italien,
le gondolier parlait
avec ses mains !

Le soir, le petit ogre se régalait
d'un grand plat de spaghettis
quand une sirène le rejoignit.
Il n'avait aucun mal à la comprendre ;
elle parlait la même langue que lui, celle des contes :
– Qu'est-ce que tu fais là ? Tu n'as pas honte ?
Cela fait un mois que tes parents te cherchent
et qu'ils envoient des messages partout !
Tu n'as pas de cœur, ou quoi ?
Allez, hop ! enfile tes bottes et rentre chez toi !
Le petit ogre dut dire au revoir à ses amis d'Italie.
Il enfila ses bottes sans attendre minuit
et il bougonna : – La maison... La maison...
La maison...

En trois pas, le petit ogre arriva chez lui.
Il trouva ses parents en larmes.
Ils avaient les yeux rouges et une flaque à leurs pieds.
– Voyons, dit le petit ogre, arrêtez de pleurer !
Personne ne m'a mangé ! Au contraire,
je vous ai rapporté plein de bonnes choses à goûter !
Pendant que l'eau chauffait pour cuire les spaghettis,
il apprit à sa mère à danser la samba.
Et, quand vint le moment du dessert,
il sortit de sa poche trois loukoums un peu écrasés,
mais délicieusement parfumés... à la rose.

Le père et la mère du petit ogre
n'en revenaient pas !
Jamais ils ne s'étaient
autant amusés,
jamais ils ne s'étaient
autant régalés.

Ils se régalèrent tant et si bien que, le lendemain,
ils attendaient le petit ogre
devant la porte de la maison.
– Je veux acheter des montagnes
de loukoums ! dit le père.
– Je veux acheter des wagons
de spaghettis ! dit la mère.
– Emmène-nous
en Turquie ! dit le père.

– Emmène-nous en Italie ! dit la mère.
Mais, après, tu nous ramènes vite ici,
c'est promis ?
Le petit ogre fit semblant de promettre.

Mais, tout en marchant d'un bon pas,
il chantonnait déjà à tue-tête :
– Lhassa... Bombay... Bucarest... Singapour...
Chicago... Paris...

Achevé d'imprimer en février 2007
Imprimé en Italie
ISBN 978-2-7470-2233-0